Minuit–Cinq

Malika Ferdjoukh

Minuit-Cinq

Neuf

l'école des loisirs

11, rue de Sèvres, Paris 6e

Ce texte a été publié dans la revue *Je bouquine* en décembre 2001

© 2002, l'école des loisirs, Paris
Loi n° 49.956 du 16 juillet 1949 sur les publications
destinées à la jeunesse : septembre 2002
Dépôt légal : janvier 2003
Imprimé en France par Hérissey à Évreux

1

LE COLLIER DE LA PRINCESSE

Pas d'étoiles au-dessus du pont de pierre ce soir-là. Non, pas une seule… Mais un vent fou furieux ! Et glacial ! Et qui avait tranché d'un coup de hache la moitié de la lune !

La princesse Daniela Danilova sortit du Théâtre-National, serrant sa pelisse autour d'elle. Le gentilhomme à monocle qui l'escortait lui offrit le bras, et tous deux prirent place dans un fiacre aux fourrures tièdes.

— Voyons où en étais-je? reprit le gentilhomme. Il chiquenauda une poussière infinitésimale sur son col en renard. Ah oui… C'est décidé, je suis amoureux de vous.

Les vents polaires faisaient trembler la voiture, mais dans la tranquille pénombre intérieure le sourire de la princesse Daniela scintilla tel un diadème délicat.

— Oh? susurra-t-elle. Et qu'allez-vous faire comte Orlok?

— Me suicider, je suppose.

— Je savais que vous seriez fair-play.

— Et vous? Qu'allez-vous faire, princesse?

— Souper, comte Orlok. J'ai très faim.

La main de la princesse voleta avec une blancheur de colombe, effleura machinalement sa gorge… mais pinça le vide. Elle tâtonna, avec inquiétude, encercla son cou nu. Tâtonna encore. Le sourire en diadème s'élargit en un carré hurlant :

— Mon collier ! *Mio Dio*… Mon colliiieeeeer !!

La princesse Daniela s'évanouit sur-le-champ, car bien que née italienne elle pratiquait au mieux les usages de la cour de Bohême.

*
* *

Il était Minuit-Cinq pour tout le monde, y compris pour lui-même car il avait oublié son vrai prénom qui était Antonin.

Minuit-Cinq avait dix ans, une idée toutes les sept minutes, une petite sœur, et il ne se lavait jamais sauf si un orage d'été le prenait de vitesse. Or c'était l'hiver, un de ces méchants hivers roublards qui gèlent la goutte qui vous pend au nez.

Minuit-Cinq, c'était à cause des douze petits points tatoués, quand il était encore bébé, en forme de cadran sur son avant-bras. Le tatoueur avait dérapé sur la chair potelée, y gravant pour toujours deux aiguilles qui pointaient sur cette drôle d'heure : minuit et cinq minutes. Pour admirer l'ouvrage il fallait cracher dessus au moins huit fois, et gratter la crasse avec l'ongle… On vous l'a dit, il ne se lavait pas.

L'hiver, donc. Mais cela ne tracassait guère Minuit-Cinq, pas plus que Bretelle, sa sœur, qui ne se lavait pas davantage. Pour le moment une seule chose les préoccupait : mettre la main sur le collier de la princesse Daniela Danilova pour empocher la récompense.

— Là, là! s'exclama Bretelle, son index sortant d'une manche où une famille de blattes se tenait au chaud.

— Là! cria Minuit–Cinq, secouant sa tignasse qui avait l'air de vingt tignasses car parée des couleurs multiples de la saleté.

Hélas, il s'agissait soit d'un écrou perdu, soit d'un bout de fer à cheval, ou n'importe quoi d'autre qui brillait, parfois rien du tout, un éclat sur la neige, mais jamais le bijou de la princesse.

Et ils cherchaient. Noirs, maigres, pliés en angle aigu sur leurs jambes de criquet, au ras des pavés couverts de neige. Ils cherchaient.

— C'est pourtant là qu'elle l'a perdu.

Oui, c'était là. Entre le Théâtre-National et la maison de Faust; treize (ou seize, ou vingt, selon les rumeurs et l'heure) rangs de perles, de rubis de Venise et diamants d'Afrique. Depuis la veille, Prague de haut en bas n'avait plus que ce collier à la bouche. Ça faisait oublier qu'on grelottait et qu'on avait faim.

Une boule de neige explosa soudain sur l'oreille de Minuit-Cinq. Il pivota avec colère.

— Groschen! rugit-il.

Une autre volée de neige l'étouffa. Signée Gustav, Sérafin, Putsch et Groschen; une bande de garçons qui écumait les ruelles tordues de la Vieille Ville.

— Bretelle pas belle! ricana Sérafin.

Bretelle riposta avec précision.

Minuit-Cinq aussi. À eux deux ils faillirent mettre la bande en fuite. Mais au bout de trois minutes une espèce de bête hurlante, qui se révéla être Putsch, fonça pour empoigner Bretelle par la taille et la renversa dans la neige.

— Lâche-moi ! hurla-t-elle.

— Lâche ma sœur ! vociféra Minuit-Cinq.

Il l'agrippa par un pan de son jupon. Côté opposé, Putsch tira. Minuit-Cinq tira plus fort. Bretelle cria.

Le jupon craqua. Une pluie de boutons sauta en l'air avant de retomber avec la modestie d'un feu d'artifice miniature.

— Imbécile ! jeta Bretelle à son frère.

Les autres garçons détalèrent en se tordant de rire sous une rafale de boules de neige.

Bretelle se dépêcha de ramasser ses trésors: sa collection de boutons, un tortillon de mouchoir, un bonbon rose et vert. Elle remit tout à sa place, c'est-à-dire dans l'ourlet de son jupon auquel elle fit deux gros nœuds de sûreté.

– À quoi ça te sert toutes ces cochonneries, je me demande! maugréa Minuit-Cinq. Il sautilla sur place pour débarrasser son pantalon de la boue et de la neige.

Bretelle ne répliqua rien. Essayez d'expliquer à un garçon la beauté d'un bouton de nacre! La musique d'un bouton en étain! Quant au bonbon rose et vert... Encore moins possible d'en parler!

Il datait de la Saint-Nicolas, le jour où les anges et les diables parcourent les rues de Prague pour offrir des douceurs

aux enfants. L'ange qui avait donné ce bonbon à Bretelle avait de beaux cheveux noirs et de sublimes ailes en ficelle. Elle s'était promis de garder le bonbon… très longtemps.

Elle le déballait une fois par jour, le léchouillait, un peu, pas trop, et le remettait dans son papier. On était presque à Noël et il en restait encore un tiers.

2

LES SOURIS SAVENT-ELLES PARLER ?

La Princesse l'a semé un gros bijou
d'rubis, d'perlouses et d'or.
Ç'ui-là qui lui rendra c'trésor
n'aura pas la corde au cou
mais cent florins en bel or.

En vérité la princesse avait promis trente
florins, pas cent. Mais c'était pour la
beauté de la rime! Et Emil était jon-
gleur de rimes, et chanteur. Et dompteur de bêtes sauvages. Et le meilleur
ami de Bretelle et Minuit-Cinq qui

tombèrent sur lui au détour d'une place où les badauds s'attroupaient.

Emil portait un haut-de-forme en accordéon où mille poux et quinze souris auraient pu habiter. Les poux y étaient mais, des souris, il n'y en avait que trois (les temps étaient durs). Des françaises, assurait Emil qui les avait baptisées en conséquence Froufrou, Nana et Zizi.

La Princesse l'a semé un gros bijou...
Ç'ui-là qui lui rendra c'trésor

Quand il aperçut le frère et la sœur, Emil leur fit un clin d'œil et cessa sa rengaine :

— Et maintenant, claironna-t-il, *ladies et gentlemen*, devant vos yeux renversés : le saut de la mort !

Sur une boîte à fromage les souris exécutèrent une vague cabriole au gré de discrètes secousses d'Emil. Des jeunes filles reculèrent de frayeur. Des messieurs aussi.

— Ce sont... des rats! murmura un jeune homme.

— Des souris, monseigneur! rectifia aimablement Emil.

Il passa parmi les spectateurs, son haut-de-forme retourné, ramassa neuf sous, une pastille à l'anis, et un bouton de guêtre qui disparut aussi sec dans l'ourlet de Bretelle. La foule se dispersa.

— Vous savez quoi? dit Emil, le sourire rêveur.

— Tu as trouvé le collier!

— Mieux. Un théâtre est arrivé en ville! Peut-être qu'ils voudront m'engager?

Emil rêvait de voyages. Il y avait deux raisons à cela. Un : voir du pays. Deux : retrouver son père, un baron fortuné de Moravie (à ce qu'il prétendait) auquel des tziganes l'avait enlevé, afin de devenir le gentleman qu'il était certain d'être.

— Venez ! leurs roulottes sont à côté !

*
* *

— Ça, Un théâtre ? ricana Minuit-Cinq.

— Eh bien ! lança Emil dignement. C'est écrit, non ? *Théâtre Itzhak-Ungar*.

Minuit-Cinq se tut prudemment. Il mettait deux fois plus de temps qu'Emil pour déchiffrer un mot. Et quand il y avait des z et des k comme ici, ce temps quadruplait.

— Un cirque ! dit Bretelle éblouie.

Ses joues avaient rosi de joie. Du moins nous le supposions car la poussière les faisait plus noires qu'un cul de chaudron. Minuit-Cinq expédia une bourrade qui la fit virevolter :

— Un théâtre, idiote ! Il n'y a que deux roulottes et aucun animal !

Aucun animal ? Voilà qui faisait l'affaire d'Emil !

Une femme sortit d'une roulotte :

— Attention les biquets !

Elle avait, en main, un seau rempli d'eau sale et, en tête, le projet de le vider sur les pavés.

— Ça vous intéresse, notre théâtre ? demanda-t-elle en souriant.

C'était une fort belle dame, ronde de partout, dont la coiffure évoquait une brioche chaude, ses dents étaient aussi blanches qu'une pomme sans la peau.

Mais pour Minuit-Cinq, le plus remarquable, c'étaient les bijoux qu'elle portait partout – aux chevilles, aux oreilles, au cou. Bagues, chaînes, boucles, et… ah! ces colliers! Elle en portait au moins vingt, depuis le menton jusqu'aux épaules!

Minuit-Cinq connaissait assez bien la vie pour distinguer le vrai du faux (et ces bijoux-là étaient plus faux qu'un bras en bois) mais une idée grandiose en lui germa.

– C'est toi qui chantais tout à l'heure? demanda la dame aux bijoux en posant son eau sale devant Emil. C'était joli.

Emil rougit. Lui, ça se voyait car, lui, il se lavait la figure. Il avait décidé de s'habituer progressivement au contact de l'eau pour quand il redeviendrait gentleman. Il avait commencé par le visage et les mains. Là, il faisait une pause.

— Pour vous servir, belle dame! se rengorgea-t-il. Et je suis aussi dompteur!

Il extirpa ses souris. La dame vira instantanément cramoisie, ses yeux s'illuminèrent d'épouvante.

— Des rats!

— Pas des rats, *Milady*, des souris, rectifia-t-il gentiment. Elles s'appellent Froufrou, Zizi et Na...

— Jette-moi cette saleté tout de suite!

Un homme avec des anneaux aux oreilles sortit de la roulotte voisine. Il vit les petites rongeuses sur l'épaule d'Emil et son visage s'éclaira.

— Des rats! s'exclama-t-il.

— Des souris, dit Emil.

— Tu fais des tours avec?

Emil engagea illico une démonstration du saut de la mort sur la boîte à fromage.

— T'en as d'autres ?

— C'est les seules souris que j'aie, mais...

— D'autres tours, bêta. Tu en connais d'autres ?

— Euh... voui, mentit Emil.

— Montre voir.

C'était le moment ou jamais. S'il voulait voir du pays et retrouver le baron fortuné de Moravie, il fallait intéresser cet homme.

Emil appela un miracle du ciel. Mais du ciel il ne tombait qu'une sinistre lueur jaunâtre, présage de neige. Les acrobates miniatures exécutèrent un énième saut de la mort... et hélas, zéro miracle. Minuit-Cinq alors intervint :

— Elles sautent dans un cerceau de feu. Elles nagent. Et elles… Il s'arrêta, à court d'inspiration, réprima son envie de gratter son tatouage à douze chiffres, il savait que ça lui donnait l'air d'un menteur. Ce qu'il était en ce moment.

— Et… ? fit l'homme.

Un fiacre élégant passa tout près d'eux, presque silencieux sur le tapis de neige, et disparut avec son occupant dans une rue voisine. Le temps pour Emil de trouver une suite :

— Et… elles parlent ! lança-t-il au hasard et dans un hoquet.

Itzhak Ungar et la dame aux bijoux marquèrent un silence, puis ils éclatèrent de rire.

— Tu entends ça Ruby ? trépigna Ungar. C'est le trésor des Aztèques, ces bestioles !

Ruby, morte de rire, alla jeter son eau sale dans le fleuve et l'homme fit mine de retourner dans sa roulotte.

— C'est la vérité! leur cria Minuit-Cinq.

— Montrez-nous! dit l'homme.

— Je veux voir des rats faire la causette! gloussa Ruby.

— Des souris, corrigea Emil un peu las.

— Il faut du matériel, repartit Minuit-Cinq.

— De la poudre de Perlimpinpin?

— On revient demain! promit Emil.

— C'est ça! fit Itzhak en secouant ses anneaux qui semblèrent rire plus fort que lui. Une souris qui parle, je veux être pendu!

À ce mot Ruby lui envoya un grand coup dans le biceps:

— Ne tente pas le diable. Et ce pauvre gosse dit vrai peut-être? Mon pauvre mari, mon unique amour, disait que les enfants ont des pouvoirs que les...

— Oh, la paix avec ce mari! grommela l'homme. Il t'a laissée tomber!

— Il ne m'a pas laissée tomber! se récria-t-elle indignée. Tu es jaloux quand je dis que ç'a été mon unique...

Emil et Minuit-Cinq s'éloignèrent. La nuit était tombée sur la ville comme l'éteignoir sur la chandelle.

Emil était déçu. À cause de cet énorme mensonge, il venait de laisser passer sa chance. Jamais il ne serait engagé... Un coude lui arriva droit dans une côte, qui le projeta trois pas devant.

— Hé, toi! Qu'est-ce qui te prend?! se rebiffa-t-il.

Minuit-Cinq s'était arrêté, muet, plus immobile que la statue de saint Jean Népomucène.

— Bretelle… coassa-t-il enfin. Où c'est qu'elle est passée ?

3

LES BOUTONS DE BRETELLE

Bretelle avait vu passer un trésor.

Vous vous rappelez cette voiture élégante qui avait dépassé les roulottes en grand silence sur la neige? Que faisait-elle dans ce quartier où le golem lui-même n'aurait pas osé s'aventurer? En l'apercevant Bretelle se désintéressa d'Emil et des souris. Son œil se fixa sur le manteau de fourrure qui luisait derrière la vitre et ne le quitta plus jusqu'à ce que la voiture eût tourné au coin.

Ce qu'elle avait vu ?

Des boutons.

Deux rangs de boutons de cuivre alignés sur le manteau en un resplendissant garde-à-vous. Et, merveille des merveilles, leurs jumeaux cousus aux revers des manches. Bretelle leur embraya illico le pas. Ni Emil ni Minuit-Cinq n'auraient pu la retenir. Mais ni Emil ni Minuit-Cinq ne la virent partir.

Seule Froufrou la souris la regarda avec envie.

La ruelle se mit à rétrécir ; à rétrécir au point que seul un humain pas trop large pouvait y marcher. Donc, le fiacre s'arrêterait bientôt et… et le cœur de Bretelle s'emplit d'espoirs extravagants.

Elle prit un raccourci par les rues pointues et serrées de la Vieille Ville tout juste éclairées par la neige. Ses guenilles battaient au vent par-dessus les pavés glacés. Elle déboucha sur une palissade où des cages à poules en fer s'appuyaient de guingois comme un ivrogne à une épaule charitable.

Au-delà, on entendait les chevaux du fiacre... Puis il y eut un silence. Un silence aussi net et froid qu'une tranche de viande. Sous l'œil rouge des poules, Bretelle rampa de l'autre côté de la palissade.

La voiture était à l'arrêt, sa lanterne oscillant au vent. Un monsieur en sortit. Son manteau de fourrure se profila sur la neige, son monocle jeta un éclair. Sur un signe de lui le fiacre repartit dans son halo tremblotant. En ce soir d'hiver de la bonne ville de Prague, le monsieur au monocle se croyait seul.

Bretelle réfléchit.

Soit elle attendait qu'il perde un bouton. Mettons que, plop, un des soldats au garde-à-vous sauterait sur le pavé pour aller vivre sa vie dans le vaste monde, c'est-à-dire dans son ourlet de jupon... Mais c'était là un miracle aussi probable qu'avoir un pâté chaud dans l'estomac le jour de Noël !

Soit elle aidait le miracle en allant tirer un des boutons... au cas où il ne tiendrait plus qu'à un fil ?

C'est alors qu'elle vit, comme je vous vois, le miracle en question : sur la martingale du manteau, un bouton qui tournoyait sur son fil comme un pendu à sa corde et qui ne demandait qu'une chose : qu'on le tire de là !

Mais au même moment Bretelle aperçut autre chose qui la pétrifia : à l'autre bout de la ruelle, il y avait deux ombres. Deux ombres qui, comme elle, suivaient le monsieur au monocle.

Malgré l'obscurité elle reconnut Schulze et Milcic, deux voleurs sans foi ni loi, assassins à l'occasion, connus de tout Prague. Ils avaient jailli dans la rue noire comme deux loups d'une forêt. Leur intention était de détrousser le monsieur, de le tuer peut-être, et cette idée épouvanta Bretelle.

Le monsieur, lui, n'avait remarqué personne et, se croyant toujours seul, il se lança dans une voltige stupéfiante pour un gentilhomme de son rang: il escalada, tel un vulgaire monte-en-l'air, un muret de pierre au toit de tuiles.

Arrivé en haut, il s'agenouilla devant une petite niche qui abritait la statue de saint Procope. Et il parut dès lors très très affairé.

Il fallait le prévenir! Mais discrètement!

Bretelle se faufila jusqu'au muret et,
malgré ses doigts gourds, elle l'escalada à
son tour, mais du côté opposé pour res-
ter cachée des voleurs. Elle atteignit
bientôt les tuiles. Pourtant le monsieur
ne la vit pas, il était bien trop occupé.
En outre la neige avalait tous les bruits…

… et Bretelle avala sa langue! Car
dans la main du monsieur, il y eut soudain l'apparition la plus magnifique que
Bretelle eût jamais vue ou que son
cœur eût rêvée!

Diamants, or, rubis avaient jailli de la
nuit, aussi fulgurants que le carrosse de la
citrouille! Un collier dont la lumière
frappa les yeux de Bretelle tel un soleil…
Et, même si elle ne l'avait jamais vu, elle
sut tout de suite de quoi il s'agissait.

Le collier de la princesse Daniela!

L'homme souleva à la façon d'un couvercle une des tuiles qui chapeautaient la niche de saint Procope. Il y coula le somptueux bijou qui disparut, et il remit la tuile en place. La nuit redevint la nuit.

En bas, les deux ombres approchaient.

— Attention! cria Bretelle.

Le monsieur se dressa d'un bond. Par-dessus les tuiles, il la dévisagea. Son monocle fut traversé d'un éclat blanc. Un éclat de stupeur et de peur, où l'on distinguait aussi de la colère et du dégoût. Si cet éclat avait été maléfique, Bretelle serait morte foudroyée, là, sur le petit muret enneigé. Un poing de cuir bondit de l'obscurité et s'écrasa sur son nez.

Bretelle couina de surprise et de douleur, elle dérapa, se raccrocha à la manche du monsieur qui lui assena un second coup de poing. Elle tourbillonna par-dessus le muret et tomba dans la rue, évanouie sur la neige.

En deux bonds l'homme était redescendu et s'apprêtait à fuir. Mais Schulze et Milcic lui barrèrent la route.

— Je n'ai pas d'argent! leur souffla l'homme.

— Laisse-nous décider de ça, ricana Schulze.

En un tournemain, ils l'assommèrent et lui vidèrent les poches. L'homme avait dit vrai. Il ne possédait qu'un kreutzer, le prix d'une course en fiacre.

— Prends la montre! ordonna Milcic.

Son complice se pencha et grogna un juron.

— Ah! Du faux or!

— Comment ça?

— Regarde. Du métal recouvert d'une couche d'or. Ils font ça quand ils veulent cacher qu'ils sont ruinés.

— Je vais le tuer!

— Bah, laisse! Il a eu son compte.

Ils empochèrent tout de même la montre.

— Qu'est-ce qu'il fabriquait là-haut? s'étonna Schulze. Et la gamine, d'où qu'elle sortait?

Il grimpa sur le toit où la neige était roulée sens dessus dessous comme du vieux linge. Il scruta les tuiles, la statue, mais ne vit rien, et il redescendit. De l'autre côté du muret, Milcic examinait Bretelle toujours étourdie dans la neige.

— Une de ces mômes qui dorment

sur les berges de Kampa. Elle peut nous reconnaître…

— J'aime pas tuer les gosses.

— Je te savais pas sensible.

— C'est pas ça. Ç'a l'air tendre mais y a rien de plus dur. Leur peau, c'est du caoutchouc, le couteau dérape.

Ils retournèrent à l'homme étendu.

— Faut le cacher. Moins vite on le trouvera, plus loin on sera.

Ils le tirèrent par les pieds jusqu'à la palissade où les poules avaient l'air de se demander quand elles pourraient enfin dormir en paix. Puis les deux malfaiteurs reculèrent, mains dans les poches.

— La montre rapportera bien cinq ou six florins.

— En or elle en aurait rapporté soixante.

Schulze grogna de rage et de dépit. Il revint sur ses pas pour décocher des coups de pied et des gifles à l'homme allongé. Soulagé, il s'en retourna vers son complice. Il ouvrit sa main où un objet brillait.

— Son monocle. Un demi-florin.

*
* *

Une bourrasque plus violente que les autres fouetta Bretelle qui ouvrit les yeux au moment où les deux voleurs quittaient la rue. Elle vit une enseigne qui se balançait avec des cliquetis de vieille mâchoire. La demi-lune, luisante comme une part de tarte. Et, juste dessous, saint Procope dans sa niche sous les tuiles.

Elle se releva, vérifia autour d'elle. La nuit blanche et noire était déserte.

Elle se tâta enfin, constata qu'elle était entière. Elle se donna des tapes pour secouer la neige, et, prudemment, remonta sur les tuiles. Celle qui servait de cachette au collier se situait à gauche de la niche. Bretelle la fit coulisser.

Ce fut un feu! D'or! de perles! de rubis! Le cœur de Bretelle se recroquevilla en une sorte de long silence.

Elle plongea les doigts et souleva le bijou comme une grappe. Elle dénoua en hâte son ourlet, et vit seulement qu'un bouton de cuivre était dans sa main depuis qu'elle s'était raccrochée à la manche du monsieur au monocle.

Vite. Elle glissa collier et bouton dans l'ourlet où ils rejoignirent tous ses autres trésors ainsi qu'une famille de puces. Elle y fit un nœud, et encore un nœud, sauta du muret, et détala comme une chèvre.

Bretelle allait recevoir la raclée de sa vie! Minuit-Cinq ruminait, silencieux, aux côtés d'Emil, lequel contemplait d'un air pensif Froufrou qui prenait l'air sur son bras. Comment parle une souris? s'interrogeait Emil.

Minuit-Cinq, lui, bouillait de colère. Il avait dû partir à la recherche de sa sœur! À cause de cette idiote, il n'avait pas eu le temps d'exécuter le premier acte de sa somptueuse idée. Que Bretelle aille au diable!

Il se mettait en quatre pour avoir des idées de génie qui lui feraient un jour une existence de baronne, et voilà qu'elle disparaissait sans prévenir! Ah oui! Une jolie raclée!

La future baronne déboula à ce moment précis, échevelée, les guenilles pleines de bestiaux de toutes espèces, des griffures aux joues, parfaitement ignorante des idées de génie qu'elle suscitait.

— Où c'est que t'étais ? grinça son frère.

— « Où étais-tu ? » corrigea machinalement Emil sans quitter Froufrou des yeux.

Avant que Bretelle pût parler, Minuit-Cinq lui allongea une taloche gratinée. Elle se releva en braillant et en zigzaguant (son ourlet pesait lourd).

Elle expédia en retour une claque grandiose à son frère dont l'oreille vira vermillon à la vitesse d'un cheval. En suite de quoi Bretelle se dépêcha de prendre la poudre d'escampette.

Quand elle fut loin, elle secoua une nouvelle fois neige et bestiaux et tira la langue aux gargouilles de Notre-Dame-de-la-Chaîne. Ah! Son frère l'avait frappée! Eh bien pour la peine elle ne lui dirait rien du collier!

Rien!

Mais alors rien!

4

OUI, ELLES PARLENT

Ils couchaient dans l'arrière-cour d'une taverne à l'enseigne *Sous le pont de pierre*, chacun dans un tonneau qui l'abritait du gel et du vent. Maître Julius et son épouse Célimena tenaient cette taverne dans l'île de Kampa, sur la Vltava qui est le grand fleuve de Prague.

En échange du tonneau et des effluves de bière chaude en guise de chauffage, chaque enfant donnait dix sous, soit soixante-dix sous au total puisqu'ils étaient sept enfants (mais huit tonneaux car il y avait aussi un chien).

— Peu importe où que vous trouvez ces sous, le principal c'est que vous les ayez! disait Célimena qu'une quantité de lacets et de liens saucissonnait de haut en bas, ce qui lui donnait l'allure d'une fiole de mort-aux-rats plantureuse.

Parmi ces enfants il y avait Emil, Minuit-Cinq, Bretelle; les quatre autres étaient la bande à Groschen, avec Séra-fin, Gustav, Putsch.

Toutefois l'arrière-cour de la taverne était un terrain neutre. Pas question de s'y colleter ouvertement! Ou Célimena vous soulevait aussitôt du sol par une oreille, ce qui était extrêmement dou-loureux.

Ce soir-là, lorsque les enfants eurent gobé leur bol de soupe au lard (sans lard, Maître Julius s'était servi avant), ils s'en allèrent coucher chacun dans son tonneau. Bretelle plongea immédiatement dans un sommeil qui la faisait sourire, la joue blottie sur son ourlet. Pour Emil, c'était l'heure où il pouvait enfin libérer Froufrou, Nana et Zizi de son chapeau. Si elle les avait seulement entrevues, Célimena en aurait fait des galettes de souris d'un seul coup de talon. Emil réfléchissait toujours.

Comment parle une souris?

De son côté, Minuit-Cinq ressassait son plan sur la manière se soutirer quelques florins à la princesse Danilova. il finit par dormir, malgré les rires et les éclats de voix qui montaient de la taverne.

Un léger bruit le réveilla. Tous les tonneaux étaient tranquilles, alignés dans la cour comme des barques sur un étang gelé. Par l'ouverture on voyait un pied qui sortait, ou un bras, une tignasse ou un museau... Minuit-Cinq entendit Emil qui marmonnait dans son tonneau et qui exerçait ses bestioles. Il se leva pour le rejoindre.

— Qu'est-ce que tu fais?

— Je parle avec Froufrou.

Minuit-Cinq haussa les épaules et voulut retourner se coucher, Emil le retint.

— Regarde.

Il aligna par terre quatre rondelles en carton que Minuit-Cinq reconnut être des dessous de bocks à bière. Une seule portait un mot écrit. Minuit-Cinq rassembla le peu qu'il avait appris à l'hospice d'où il s'était échappé avec sa sœur au printemps dernier. Il déchiffra : *Ruby*.

— Et alors? dit-il intrigué.

Emil exécuta une série d'arabesques avec ses mains:

— Froufrouuuu, belle Froufrouuuu, psalmodia-t-il, dis-môa qui est la plus bêêêêlle femme en ces lieux?

Il lâcha la souris qui alla droit vers la rondelle marquée *Ruby*.

— Oooh! souffla Minuit-Cinq. Elle te répond!

Impérial, Emil retira la rondelle *Ruby* qu'il remplaça par une autre où était dessiné un soleil.

— Froufrouuu! gémit-il. Belle Froufrouuu! (Fermant les yeux avec ferveur.) Qui nous éclaire de sa lumièèère, nous chauffe de sa châââleur?

Il libéra à nouveau Froufrou qui trottina sans hésiter vers le carton au soleil. Minuit-Cinq se pinça.

— Comment tu fais?

— Je lui ai simplement dit que si elle voulait manger, elle devait se montrer coopérative. (Il ajouta tout bas:) Et je frotte le bon carton avec un peu de fromage.

— Avec ce tour tu vas gagner cinquante sous par jour!

— Possible. On partagera si tu veux.

Minuit-Cinq lui secoua le bras:

— Moi aussi j'ai pensé à un tour.

— Avec les poux qui habitent dans ta chemise?

Minuit-Cinq ne releva pas.

— Tu sais, dit-il, le collier de la princesse...?

— Tu l'as retrouvé? demanda Emil soudain attentif.

— Non. Mais tu as remarqué que Ruby avait un collier en verre rouge?

— Qui vaut à peine six sous.

— On ne va pas le voler. Seulement l'emprunter. Ensuite on ira tous les trois l'apporter à la princesse Danilova...

— Elle verra tout de suite que c'est pas le sien.

— C'est là que je pince Bretelle.

— ...?

— Je la pince au sang. Elle pleure. Je pince plus fort. Elle pleure plus fort.

— Et alors?

— Alors moi aussi je pleure... Et toi aussi, ce n'est pas interdit. Et la princesse pleure à son tour, très émue, et nous donne pour la peine et la consolation un demi-florin à chacun.

Emil en resta tout rêveur. Ce qui encouragea Minuit-Cinq:

— Peut-être même un florin entier! Hein! Mon idée n'est pas géniale?

Le lendemain matin, ils trouvèrent Ruby et Itzhak qui se chamaillaient près des roulottes. Une habitude apparemment.

— Tu n'es pas un gentleman! se lamentait-elle. Ah, mon mari, mon UNIQUE amour, LUI, c'était autre chose!

— Trouve-toi un marquis! rétorqua-t-il.

Elle aperçut les enfants et pleura plus fort. Minuit-Cinq nota avec soulagement qu'elle n'avait pas encore mis ses bijoux.

— J'ai parfumé sa chemise à l'eau de Cologne. Devinez ce qu'il en a fait?

Emil, Bretelle et Minuit-Cinq, hochèrent la tête avec intérêt, qu'avait bien pu faire Itzhak de sa chemise?

— Il l'a jetééééé! geignit-elle. Dans le fleuuuve!

— Je ne suis pas un bouffon de l'empereur! répondit Itzhak. Pour me parfumer il faudra me tuer! Oh, et puis assez!

Il partit récolter du bois. Emil jugea le moment parfait pour une démonstration de la sagacité de Froufrou.

— Votre attention, belle dame!

Il étala ses rondelles en carton et libéra les souris de son haut-de-forme.

Ce fut un prodige! Quand il bêla d'un ton tragique: «Qui est la plus bêêêêêle?» et que Froufrou trottina vers le carton *Ruby*, Ruby hurla de joie et Bretelle battit des mains, les yeux aussi larges que des omelettes. Ce fut exactement l'instant où Minuit-Cinq s'éclipsa et se faufila dans la roulotte.

– Ah! soupira Ruby, tapotant et aplatissant tendrement l'épi de cheveux d'Emil. Mon fils, où qu'il soit, j'espère qu'il est aussi malin que toi! Il doit avoir ton âge...

L'intérieur de la roulotte sentait la poudre de riz, la chique et le velours échauffé. Minuit-Cinq repéra immédiatement un coffret cousu de tissu argent. Il l'ouvrit.

Tous les colliers de Ruby s'y trouvaient; des kilomètres de colliers que Minuit-Cinq n'avait même jamais vus sur elle. Déroulés bout à bout, on pouvait faire six fois le tour du château de Prague avec.

Celui à pampilles de verre rouge était mêlé à une grosse pelote de perles et de pendeloques. Minuit-Cinq eut quelque mal à l'extraire de tous ces tortillons qui scintillaient et cliquetaient. D'autant qu'il mourait de peur d'être surpris, que ses doigts suaient et trem- blaient.

Mais enfin il y parvint et, vite, il se colla à la porte pour couler un regard dehors.

Ruby lui tournait le dos. C'était le moment où Froufrou désignait le car- ton au soleil. Ruby applaudissait et éclatait d'enthousiasme, de sorte qu'elle ne vit pas Minuit-Cinq qui ressortait de la roulotte, la poche gonflée comme un beignet.

— Hé! beugla-t-elle à Itzhak qui continuait à ramasser son bois sur la rive. Viens voir le rat qui répond aux questions!

— La souris, dit Emil patiemment.

— Le trésor des Aztèques! cria

Minuit–Cinq, l'air de n'avoir jamais bougé de sa place, la main au fond de sa poche, le poing bien fermé autour du collier.

5

VISITE CHEZ LA PRINCESSE

Le palais Danilo, où habitait la princesse Danilova, se situait sur une belle avenue du quartier appelé Petit-Côté. Pour s'y rendre, Bretelle, Emil et Minuit-Cinq devaient traverser le pont de pierre et tourner vers Saint-Nicolas.

La ville était joyeuse et illuminée. Ils croisèrent une procession d'enfants bien habillés qui chantaient *J'ai douze ans bientôt treize*, des vendeurs de pommes cuites, de bretzels et du vin chaud. Les carillons, les échoppes éclairées. Minuit-Cinq se souvint.

Demain... c'était Noël!... Il avait oublié.

Une tristesse inattendue le prit au cœur. Pour un peu, il aurait regretté l'horrible orphelinat que sa sœur et lui avaient fui. Chaque soir on vous y servait une tranche de pain marron qui trempait dans un potage d'eau ; mais le jour de Noël, on avait en plus une pomme, une goutte de crème, un biscuit, et on chantait...

Mais non, oh non! Pas de regret. C'était si affreux là-bas! Maintenant il était libre. Même si c'était avec Bretelle qui était plus bête qu'une oie!

À propos d'oie... Ils en croisèrent une, somptueusement rôtie, que le boulanger sortait du four et qu'une servante emporta dans un panier sur sa tête. Pendant quelques secondes, Bretelle, Minuit-Cinq et Emil humèrent l'odeur dorée qui flottait à sa suite.

Le palais Danilo avait une haute façade rose pâle, et des armoiries bleu, mauve et or sur son fronton en couronne. Ils s'arrêtèrent devant, intimidés.

— Qui est-ce qui parle? demanda Emil.

— Toi, répondit Minuit-Cinq.

— Comment je vais pleurer si j'ai pas envie? demanda Bretelle.

Elle ignorait le projet de son frère de la pincer au sang. Elle s'était retenue de ricaner quand il lui avait expliqué son plan en prenant de grands airs! Et il avait brandi le vilain collier rouge de Ruby comme il aurait tenu… tiens, le trésor des Aztèques d'Itzhak!

S'il avait su que le VRAI était là, sous son nez, dans un ourlet de jupon!

Bretelle pouffa tout bas. Elle aussi avait un plan. Il allait regretter de l'avoir frappée! Ah, la tête qu'il allait faire! Au moment où il sortirait la minable parure en toc, elle dénouerait son jupon et restituerait le VRAI collier à la princesse Daniela Danilova!...

— Arrête déjà de ricaner bêtement! lui lança son frère.

Il souleva le heurtoir de bronze. Un valet leur ouvrit. Sa livrée bleu, mauve et or flottait de ses épaules maigres comme d'un cintre en fer.

— Pour la mendicité, articula-t-il, revenez plus tard.

— On mendie pas, m'sieur, dit Emil. Nous venons rendre son collier à la princesse Danilova!

Le valet ne manifesta ni joie ni surprise. Il se contenta d'énoncer :

— Ce matin, la princesse a reçu six personnes à ce sujet. Hier, une douzaine. Tous imposteurs, ou mythomanes. Enfin... soupira-t-il en les laissant entrer dans une rotonde or et jonquille, il vaut mieux être sûr. Tout est propre de ce matin, continua-t-il en se tapotant la narine. Par pitié, ne vous asseyez pas.

Ils n'auraient pas osé.

Pour regarder le plafond, il fallait lever le nez aussi haut que si c'était le ciel. Il y avait de longs miroirs d'or, heureusement pendus trop haut pour qu'ils puissent s'y voir ! Ça sentait bon la fleur fraîche et les fruits mûrs.

Emil avait envie de fuir. Bretelle arborait un sourire béat que son frère jugeait navrant. Quelle bécasse! pensa-t-il. Lui aussi aurait aimé déguerpir.

Après une éternité, la princesse apparut enfin. Et les garçons tombèrent aussitôt amoureux de ses ravissants yeux gris, de ses boucles rousses et de son sourire parfumé. Ils la dévisagèrent, bouche bée, absolument muets. Quant à Bretelle, comme elle avait reçu l'ordre formel de la boucler sous peine d'être sévèrement tuée à la sortie, eh bien elle la bouclait.

— *I miei angeli!* susurra la princesse d'une voix enchanteresse. Vous avez retrouvé mon collier?

— Euh…

— Montrez-moi! Il me manque tant!

Emil, un jour, avait bu une gorgée de cognac brûlant qui lui avait donné des heures durant la sensation d'avoir du lait caillé à l'intérieur du crâne. C'était exactement ce qu'il éprouvait en cet instant, sans cognac. Quant à Minuit-Cinq il paraissait aussi vivant qu'une statue du pont de Prague.

— Eh bien? gazouilla la princesse.

Les deux garçons souffraient le martyre. Ils auraient voulu n'être jamais venus. Comment raconter leur histoire? Comment mentir à cette jolie princesse? Comment avaient-ils pu seulement en avoir l'idée?

Minuit-Cinq sentit son tatouage qui le gratouillait. Il gratouilla, prêt à tout avouer.

— Eh bien? répéta-t-elle.

Cette fois avec un trait d'impatience.

Bretelle décida d'agir. Ah! Ah! La belle surprise!

Elle se pencha vers son ourlet et commença à défaire le premier nœud… À ce moment précis, la porte s'ouvrit dans le souffle d'un vent glacé. Un homme entra. Bretelle leva les yeux. Elle lâcha l'ourlet et retint un cri.

L'homme au monocle! Qui avait caché le collier sous la tuile de saint Procope! Qui l'avait frappée!

— Comte Orlok! minauda la princesse. Vous venez toujours ce soir à mon souper de réveillon, n'est-ce pas?

Pour le comte, les enfants ne présentaient pas plus d'intérêt que les mouches. Il ne les voyait pas. Son œil glissa donc sur les trois qui s'alignaient devant lui…

… mais revint aussitôt sur Bretelle. Et se fixa sur elle comme un clou. Il l'avait reconnue! Elle se mit à trembler.

Le monocle s'alluma d'une joie mauvaise.

Bretelle poussa un petit cri, agrippa son frère et le tira vers la porte. Cet homme voulait la tuer, elle en était certaine !

Partir, Minuit-Cinq et Emil ne demandaient que ça ! Tous trois bondirent vers la sortie sous le regard éberlué de la princesse. Emil amorça une courbette à la mousquetaire que Minuit-Cinq abrégea.

Le comte Orlok se lança à leur poursuite.

Les enfants passèrent en trombe devant le valet et jaillirent hors de la maison à la vitesse de boulets de canon. Le comte les héla, mais ils avaient déjà disparu au coin de la rue !

Le comte fixa le vide. La vapeur

sortait de sa bouche à gros bouillons dans l'air glacé, et son monocle étincela de fureur.

6

LE PETIT HOMME AU PETIT CHIEN

Cet après-midi-là un petit homme appelé Mordechai Meisl, la barbiche en pinceau, escorté d'un petit chien qui portait une tache au-dessous de l'œil et une autre au-dessus de l'oreille, se présenta chez le comte Orlok qui le reçut dans un grand bureau sombre. Mordechai Meisl était marchand dans le quartier de Josefov. Le comte Orlok ne le fit pas asseoir, mais le petit homme ne sembla pas le remarquer.

— Je suis allé comme convenu à la statue de saint Procope, comte, dit Mordechai Meisl. Quelle drôle d'idée que cet endroit. Et quelle gymnastique pour moi. Malheureusement je n'y ai pas trouvé ce que je devais y trouver.

— Je sais. Je venais d'y déposer le collier quand deux gredins m'ont assommé.

— Êtes-vous blessé?

— Je suis solide.

— Vous ont-ils dérobé quelque chose?

— Seulement ma montre. Et mon monocle. Par bonheur ils ne m'ont pas vu cacher le collier. J'ai feint d'être inanimé mais je les écoutais. Ils ne l'ont pas pris.

— Vous êtes bel et bien solide, dit Meisl avec une ironie qui échappa au comte. Que s'est-il passé alors?

— On me l'a volé.

Le petit homme au chien leva un sourcil étonné.

— Il y avait une enfant, gronda le comte. Une de ces mendiantes de la Vieille Ville. C'est elle, la voleuse.

— Comment est-ce possible? Une enfant? N'avez-vous pu l'empêcher? L'arrêter? Vous faisiez semblant d'être assommé dites-vous.

— Un des gredins est revenu et a fini par m'assommer vraiment. Par dépit de trouver mes poches vides.

— Ils n'étaient pourtant pas si bre-douilles. La montre d'un gentilhomme se monnaye à bon prix!

Le comte se garda bien d'expliquer qu'il s'agissait d'une copie. L'original en or était déjà chez l'usurier. Mordechai Meisl réfléchit. Il lissa sa barbiche en pinceau.

Avec douceur, sachant qu'il allait irriter son interlocuteur:

— Dites-moi la vérité sur ce collier mystérieux que vous vouliez me vendre, dit-il. Pourquoi tous ces mystères?

— Un bijou que je tiens de ma mère. Je vous l'ai dit, je ne veux pas qu'elle apprenne que je le vends. Elle en serait très peinée.

Mordechai Meisl tapota la tête de son petit chien.

— N'est-ce pas plutôt, fit-il douce-ment, ce joyau dont on parle tant? Le collier perdu de la princesse Danilova?

Le comte arracha son monocle et fixa Mordechai Meisl avec férocité.

— Comment osez-vous?

Le petit homme demeura impas-sible, il continua à caresser la tête de son chien.

— Vous prétendiez avoir choisi cette cachette… hum… inattendue, pour mieux garder le secret, pour épargner un chagrin à la comtesse Ferenczi votre mère. Mais la vérité est bien différente, n'est-ce pas?

Le comte marqua un silence. Mordechai Meisl soupira. L'indignité des humains le peinait sincèrement. Le comte s'exclama:

— La princesse ne m'épousera jamais si elle apprend que je suis ruiné! Il me faut cet argent!

— Vous m'avez menti.

Mordechai Meisl soupira encore et murmura:

— Si une enfant a le bijou, sa petite main le remettra tôt ou tard sur le chemin de l'innocence.

Il appela son chien, salua le comte.

– Ayant compris que vous l'aviez volé, je suis venu vous dire qu'il m'est impossible de vous l'acheter. Je suis blessé que vous ayez pu penser que nous ferions affaire. Enfin, la question ne se pose plus puisque vous ne l'avez plus. Heureux Noël, comte Orlok. Adieu.

Mordechai Meisl sortit avec son chien dans la ville où le Noël des chrétiens remplissait l'atmosphère de chants sacrés et de saveurs sucrées. Il s'en retourna à Josefov et alla prier à la synagogue Vieille-Nouvelle.

7

RÉVEILLON CHEZ LA PRINCESSE

La nuit était tombée. Pour la seconde fois ce jour-là, Bretelle, Minuit-Cinq et Emil se retrouvèrent près du palais Danilo. Bretelle s'arrêta sous un réverbère.

— J'ai peur du comte Orlok!

Et elle fondit en larmes. Au-dessus d'eux, les autres réverbères de l'avenue, avec leurs gros pansements de neige sur le crâne, ressemblaient à une file d'unijambistes revenant de guerre.

— Il n'y sera peut-être pas, dit Emil.

Un fiacre s'arrêta. Trois dames en cape scintillante et trois messieurs en habit en descendirent. Une odeur de viande rôtie déboula dans la rue lorsqu'ils entrèrent par deux, en riant, dans le palais. La princesse donnait sa réception pour la veillée de Noël. Entrer serait plus difficile encore que ce matin !

— Tout ce beau monde ! chuchota Minuit-Cinq.

— Tant mieux ! dit Emil. Le comte n'osera rien faire contre Bretelle.

Une charrette passa dans un effluve de vin chaud et de saucisses grillées. L'estomac de Minuit-Cinq se tordit.

— Si cette imbécile nous avait dit plus tôt qu'elle avait le VRAI collier ! grinça-t-il hargneux, on aurait les trente florins et on fêterait déjà Noël !

Bretelle lui assena un coup de menton sur l'épaule. Emil stoppa *in extremis* le bras de Minuit-Cinq et la gifle qui l'accompagnait. Pour en finir, bang, il actionna le heurtoir.

On ouvrit. Un cône de lumière tomba sur eux comme le filet sur les papillons. Le même valet en livrée apparut sur le seuil. La différence était les paillettes dorées qui saupoudraient ses épaulettes.

— Nous avons le collier de la princesse! clama Emil.

— Ah, non, ça suffit bien! Tu crois peut-être que…

Le valet se tut. Bretelle avait dénoué son ourlet et élevait le splendide bijou en l'air, dans la lumière. Les pierres ruisselèrent comme des vins magiques sur ses doigts.

Le valet, après un temps d'immobilité, leur fit signe d'entrer et les conduisit jusqu'au grand salon de la réception.

Autour d'une table miroitante de cristal, de flammes, d'argenterie, de vaisselle en vermeil et de dentelles en or, un nombre incroyable d'yeux contemplèrent ces trois enfants en haillons qui rapportaient le trésor des Aztèques.

À vrai dire il n'y avait qu'une douzaine de convives, mais Emil, Minuit-Cinq et Bretelle auraient pu jurer qu'ils étaient cent. Cachée derrière les garçons, Bretelle vérifia tout de suite que le comte Orlok n'y était pas.

Minuit-Cinq se planta devant la princesse. Il ouvrit sa main toute noire où le bijou magnifique parut aussi beau, aussi incongru, que le baiser des anges sur la joue de l'assassin.

— Mon coll… couina la princesse avant de s'évanouir pour deux courtes secondes.

On la retint, on l'assit, on l'éventa.

— Mon collier…

Elle se redressa, écartant d'une paume ferme les compatissants et les importuns.

— Où l'avez-vous retrouvé? Racontez-moi! *O Dio!* c'est le plus beau cadeau de Noël…

Phrase qui ne tomba pas dans l'oreille d'un sourd puisque dans celle de Minuit-Cinq. Si la princesse parlait de cadeau, les trente florins approchaient!

— Ernst! Lumir! appela-t-elle.

Le valet et une servante accoururent. La princesse leur montra les enfants.

— Conduisez-les à l'office. Offrez-leur à dîner. Et donnez-leur… un bain.

— Ce ne sera pas un luxe! murmura une invitée qui avait extirpé de son décolleté un bouquet de violettes où elle plongea son menton en escarpin.

Les trois enfants restèrent diplomatiquement muets sur la perspective du bain... car ils avaient celle du dîner. Ils traversèrent les cuisines à la suite de Lumir et, là, le spectacle dépassa ce qu'ils pouvaient imaginer.

D'ailleurs qu'auraient-ils pu imaginer puisqu'ils ne savaient rien de ce que mangeaient les riches!

Il y avait là des cuissots farcis, des chapons rôtis, des légumes en sauce, et des fruits en corbeilles, en grappes, en pyramides. Un sorbet scintillait dans une coupe en argent telle une mousse de diamant. Ils mangèrent de tout plusieurs fois, désolés de n'avoir pas assez faim.

– Et maintenant, le bain! ordonna Lumir.

Si quelque chose ressemble à l'Apocalypse, ce fut ce bain-là. Il ne prit fin qu'après douze remplissages du baquet, cent onze litres d'eau fumante, quatre savons, six bouteilles de lavande, trois brosses en crin, six éponges, neuf serviettes de lin, et le réveil du lumbago d'Ernst.

Quand il s'acheva, les enfants eurent l'impression d'avoir réchappé d'une tempête, les couleurs de leur corps avaient toutes changé sauf celle de leurs yeux.

– J'aurais pas deviné que t'étais blond! dit Lumir en brossant les épis d'Emil.

La princesse vint voir comment les choses se passaient. Minuit-Cinq crut qu'elle allait s'évanouir dans le bac où l'écume de crasse servait de suaire à des ribambelles de poux morts. Elle eut un hoquet, s'éventa, et repartit à toute vitesse.

*
* *

On leur donna des vêtements qui étaient destinés aux neveux de la princesse lorsqu'ils venaient en visite.

Bretelle hérita d'une robe en laine trop longue mais que Lumir releva d'une ceinture. Emil et Minuit-Cinq reçurent chacun un manteau à col montant qui leur donnait une raideur de lampadaire.

En outre Minuit-Cinq eut droit à une paire de bottines cirées d'un glorieux effet, mais deux fois trop grandes pour lui. Quand il les enfila, il eut l'impression d'avoir chaque pied dans une barque sur l'eau.

— Tu cherches quelque chose ? s'enquit Lumir en voyant Emil s'agiter.

Emil marmonna une phrase inaudible en devenant très rouge. Bretelle comprit qu'il venait de déménager les souris de ses vieux vêtements aux nouveaux, de la même manière qu'elle-même avait transvasé boutons, bonbon, etc., dans les siens.

— Ouste ! s'écria Lumir en leur tapant les fesses. Allons montrer à Sa Seigneurie combien vous êtes beaux !

Dans le couloir à lambris qui menait au salon des invités, Minuit-Cinq constata qu'Emil s'agitait toujours.

— Mais enfin, qu'est-ce que tu as ? chuchota-t-il.

— J'ai perdu Froufrou !

Tout en suivant Lumir, ils regardè-
rent autour d'eux, par terre, au long des
murs. Pas de Froufrou.

Ils arrivèrent à la salle où l'on jouait
du piano et où le cercle des invités
s'était agrandi. Bretelle étouffa un cri.

Le comte Orlok était là !

*
* *

— Ah ! fit la voix joyeuse de la princesse. Mes petits magiciens ! Regardez-
les ! Qu'ils ont changé ! Comte Orlok, ce
sont eux qui ont retrouvé mon collier !

L'éclat du monocle les vrilla. Bretelle se ratatina, Minuit-Cinq lui prit la
main. Emil, lui, jetait discrètement des
regards à droite, à gauche, vers les tapis,
entre les assiettes… Il devait récupérer
Froufrou avant de partir ! Il sentait sa
gorge se nouer.

— Où donc l'avez-vous déniché, ce collier? demanda le comte, penché comme un tronc sec au-dessus de Bretelle, les mains derrière le dos, l'air de cacher un fouet. Elle reçut son haleine glacée sur les yeux.

— Dans la neige, articula Minuit-Cinq.

— Ne sont-ils pas a-do-rables? rit la princesse.

Moment i-dé-al, jugea Minuit-Cinq, pour évoquer la récompense. Il ouvrit la bouche… mais on le devança; quelqu'un ouvrit la sienne en un hurlement qui les glaça:

— Une souriiiiiiiiis!

Une dame était perchée sur la table et sautillait.

— Froufrou! s'exclamèrent les enfants.

Ce fut un incroyable tohu-bohu.

Emil, Bretelle et Minuit-Cinq plongè-
rent d'un même plongeon vers le parquet ; des dames rejoignirent la première
sur la table pour sautiller avec elle, l'une
plongea le pied dans le sorbet, d'autres
vérifiaient les soupières, des messieurs
soulevaient les nappes, secouaient les
tentures, remuaient les sièges.

Soudain, un coup de botte claqua
sur le parquet verni.

— Bravo ! crièrent les dames sur la
table.

— Vous l'avez tuée, comte Orlok !
Bravo !

Il y eut un immense silence. Les
enfants n'osaient y croire. Bretelle
regarda Emil. Il était tout pâle.

— Ernst ! appela la princesse. Jetez
cette vermine aux ordures, s'il vous
plaît !

Quand le valet revint avec pelle et balai pour ramasser le cadavre, les enfants, atterrés, détournèrent la tête en silence. Puis la voix d'Emil s'éleva, tremblante :

— Elle s'appelait Froufrou. Je lui avais appris à parler…

— À parler ! Une souris ! Voyez-vous ça !

La princesse et ses invités rirent de bon cœur.

— Il faut nettoyer la ville de ses animaux nuisibles, dit le comte qui riait comme une porte grince. Je suis heureux d'y avoir contribué ce soir.

Les enfants levèrent d'abord de grands yeux incrédules et fixèrent le comte en silence. Soudain :

— Assassin ! hurla Emil. Assassin !

— Voleur ! cria à son tour Bretelle.

Vous avez volé et caché le collier dans la niche de saint Procope!

Le comte fit une moue de surprise, puis il éclata de rire, imité par toute l'assemblée. Bretelle fondit en larmes en répétant: «Voleur! voleur!»

— Comment oses-tu, petite souillon, petite va-nu-pieds? s'offusqua la dame qui avait grimpé sur la table, et tout le monde l'approuva.

Bretelle fouilla son ourlet et posa un petit objet doré sur la table. Elle était tellement terrifiée qu'elle pensa s'évanouir avant d'avoir réussi à dire un mot.

— Vvv... otre... bouton. Quand vous m'avez pou... ssée du toit... il est... tombé.

Minuit-Cinq avala sa salive, terrifié lui aussi. Il couina:

— C'est... c'est la preuve n'est-ce pas ?

— Mensonges ! rugit le comte. Ce sont eux les voleurs ! Ils vous abusent, princesse, pour vous réclamer la récompense !

— *Escroqueurs !* lâcha un invité avec dégoût.

Les enfants gardèrent le silence. Ils contemplaient ces gens, ces grandes personnes qui prenaient le parti du comte sans savoir. Alors, Minuit-Cinq cria quelque chose qui le fit frémir lui-même :

— On s'en fout de votre récompense !

Voilà. Adieu, richesse.

— Gardez-la ! dit Emil.

— On n'en veut pas ! dit Bretelle.

Ils décampèrent en direction de la

porte, et filèrent à toutes jambes sous le nez d'Ernst.

— Mais…! s'étonna le valet. Pourquoi ces enfants sortent-ils toujours d'ici en courant?

Quand ils furent partis, la princesse susurra de sa voix parfumée que, Dieu la garde, elle n'avait jamais, jamais eu l'intention de leur donner les trente florins! Elle conclut dans un doux sourire:

— On ne doit point corrompre l'innocence enfantine avec des histoires d'argent.

— Surtout si elle est pauvre! ajouta quelqu'un.

L'on rit beaucoup de ce bon mot. Puis la princesse se retourna. Elle avait son sourire en diadème et ses yeux de fer:

— Au fait, comte, si vous nous expliquiez par quelle magie mon collier se trouvait dans la niche de saint Procope?

8

... ET RÉVEILLON SOUS LES ÉTOILES

Ils cheminaient en silence dans la nuit illuminée. Avec lenteur, parce que Noël adoucit tout. Et aussi que Minuit-Cinq souffrait de ses bottines trop larges. Il avançait, les mollets tournés en dedans ; il regrettait amèrement ses vieilles savates.

Tandis qu'ils avançaient, des portes s'ouvraient sur des rires, des chants, des effluves de caramel ou de pâtés chauds.

Emil cessa brusquement de marcher.

Il s'assit sur le rebord du trottoir, sortit Nana et Zizi de sa poche.

— Vous voilà orphelines, dit-il.

Et il éclata en sanglots. Minuit-Cinq et Bretelle demeurèrent silencieux. Bretelle dénoua son nouvel ourlet, prit le petit bonbon rose et vert qu'elle léchouillait chaque jour.

— Tiens, dit-elle en le donnant à Emil.

Il le prit, l'enfourna, et s'essuya les joues.

— Je déteste ces habits! dit-il avec colère. Pas vous?

— Si, dit Minuit-Cinq. Mais on a tout laissé là-bas et on n'a rien pour remplacer.

— Si on allait voir Itzhak et Ruby? proposa Bretelle. Les gens de théâtre, ils ont des vêtements!

La belle idée! Il y aurait forcément des habits dans leur malle à costumes. Et puis, ils n'étaient guère pressés de retrouver l'arrière-cour de Maître Julius et Célimena.

Ils suivirent donc la berge vers Kampa et trouvèrent le couple de comédiens, se chamaillant comme toujours.

— Ah! geignait-elle, mon premier mari, l'amour de ma seule vie, lui, savait ce que c'était que Noël! Cadeaux! Fruits fourrés! Liqueur!...

— Noël n'est pas de ma religion, répondit Itzhak. Cesse de me rebattre les oreilles avec ça!

Ruby aperçut les enfants et leur fit signe:

— Hep! Voulez pas un peu de soupe?

Ils s'approchèrent. Elle leur demanda:

— C'est quoi vos noms, les biquets?

Ils comprirent avec stupeur qu'avec le bain et leurs nouvelles frusques Ruby ne les avait pas reconnus! Mais Itzhak, lui, les avait déjà repérés.

— Oh, oh. On a trouvé le trésor des Aztèques?

Il cligna d'un œil. Ruby papillota des cils et s'exclama:

— Vous!? Mes biquets! Ah! Tout roses! Tout astiqués!

— On voudrait se changer! répondit Emil. Ces manteaux nous grattent!

Elle les accompagna dans la roulotte aux costumes. Comme les garçons hésitaient à se déshabiller devant une dame, Ruby s'écria:

— Allez, pas de simagrées avec moi, j'ai eu des enfants, je sais ce que c'est!

Elle dénicha un joli jupon et de gros tricots pour Bretelle. Mais lorsqu'elle se

tourna pour s'occuper des garçons, elle
poussa un cri, et s'effondra sur les cous-
sins, la figure blanche, le regard fixé sur
le bras de Minuit-Cinq. Plus précisément
sur le tatouage en cadran d'horloge.

— Qui... qui t'a fait... ça? haleta-
t-elle.

— Sais plus. J'étais bébé.

— Co... Comment t'appelles-tu,
mon garçon?

— Minuit-Cinq, dit Minuit-Cinq.

— Je veux dire... ton vrai nom?

Il fallut quelques secondes avant de
comprendre de quoi elle parlait.

— Antonin, dit Bretelle. Son vrai
nom c'est Antonin.

Autre cri. Ruby pressa son vaste
cœur.

— Et toi, Bretelle? Quel est ton vrai
nom?

— J'arrive jamais à le prononcer, soupira Bretelle.

— Un nom à coucher dehors, intervint Minuit-Cinq-Antonin. Willil... Willam...

— Wilhelmina ? souffla Ruby.

— Voilà. Comment savez-vous ça, vous ?

— Votre père s'appelle-t-il Jan Narodic ?

— Voui.

— Il nous a déposés à l'hospice Saints-Fidel-et-Méthode en disant qu'il reviendrait dans deux jours...

— On l'a jamais revu ! dit Minuit-Cinq avec un gargouillis dans la gorge.

C'était la seule chose au monde qui lui faisait venir les larmes : que son père l'ait pris pour un idiot.

— Il voulait te tatouer un zodiaque,

murmura Ruby. Sa main a glissé. Alors il a transformé le zodiaque en pendule.

Elle leur ouvrit les bras, sanglotant :

— Mes enfants ! Mes chéris ! Je vous ai tant cherchés !

Ils se tortillèrent. Ruby, leur mère ? Elle était certes jolie et gentille, mais… ça demandait un temps d'adaptation ! Ruby sécha ses yeux, réajusta son corset, son millier de colliers, et beugla :

— Itzhak ! Itzhaaaak ! J'ai retrouvé mes enfants !

Il arriva, un peu inquiet. Ruby lui expliqua tout, riant, pleurant, les embrassant. Itzhak Ungar écouta attentivement. À la fin, il balança placidement ses anneaux :

— Ton mari, hein ? Qui te vole tes enfants et les abandonne à l'orphelinat. Joli coco…

Il grogna et sortit.

Il commençait à neiger.

*
 * *

La neige recouvrit tout. On eût dit le sorbet de la princesse.

Ils mangèrent pour la deuxième fois de la soirée. Tout le monde sait que les émotions vidangent les estomacs. Ils finissaient une délicieuse poule d'eau attrapée sur la berge et cuisinée par Itzhak.

— Dieu me garde de fêter Noël! répétait Itzhak. Ce n'est pas de ma religion. Mais on peut bien fêter le retour de nos enfants, n'est-ce pas!

— Nos? dit Ruby.

— Vos? dit Minuit-Cinq.

— Pourquoi pas? ronchonna Itzhak.

Et il joua de l'accordéon. Ni Bretelle

ni Minuit-Cinq ne se souvenaient d'avoir jamais passé un si bon réveillon de Noël.

Emil écrasa une larme. Il allait pouvoir voyager désormais. Si Bretelle et Minuit-Cinq avaient retrouvé leur mère, il mettrait bien la main, un jour ou l'autre, sur le baron de Moravie qui était son père.

Tout était bien, sauf... sauf qu'il n'avait plus Froufrou. Un flot de chagrin lui noya les yeux et lui remplit les narines. Il enfouit le tout dans sa manche pour y pleurer en silence.

Minuit-Cinq s'était endormi contre Ruby, Bretelle entre les bras d'Itzhak qui murmurait de l'accordéon.

Avec précaution, pour ne pas le réveiller, Ruby tira sur l'une des bottines de Minuit-Cinq, et la lui ôta doucement.

Aussitôt, délivrée, une ombre minuscule en jaillit! Tel un diable asphyxié par les relents de l'enfer, elle fila droit dans la manche d'Emil.

— Froufrou!! cria-t-il, fou de joie.

Du même auteur à *l'école des loisirs*

collection Mouche
La fiancée du fantôme

collection Neuf
Les joues roses

collection Médium
Fais-moi peur
Faux numéro
Rome l'enfer
Sombres citrouilles